Domitille de Pressensé

émilie
et le petit bébé

Mise en couleurs : Guimauv'

chut ! il ne faut pas faire
de bruit... dit sidonie.

c'est là que dort ton petit frère ?
demande émilie.

oui ! on doit attendre que timothée se réveille pour le voir.

tu te rends compte,
élise ?

tu vas connaître
un bébé encore plus
petit que toi !

mais, d'abord, il faut
attendre.

c'est tellement long...

peut-être que le bébé n'ose pas faire de bruit.

et comme il vient d'arriver, il est un peu timide, dit émilie.

alors, chacun écoute attentivement à la porte.

mais il n'y a aucun bruit.

sidonie,
dit son papa,
merci de voir si
timothée
est réveillé.
je prépare son
biberon.

quelle chance !

vite, on suit sidonie
avec les cousins
qui viennent d'arriver.

ooooh !

coucou timothée !

ah ! il est minuscule !

et pas très bien réveillé.

et puis il n'a pas de boucles !

oh là ! il bave un peu...
mais qu'est-ce qu'il est
mignon !

il est beau mon petit
frère, hein ! dit sidonie.

avant le biberon, on peut prendre le bébé chacun son tour.

émilie

stéphane

guillaume

alexandre

nicolas

mais où est élise ?

oh !

elle attrape le biberon
de timothée !

vite, élise ! donne-moi
le petit biberon du bébé.

ouinn !

et pour toi, voilà un grand biberon avec beaucoup de lait.

tu sais, élise,

si tu en as trop,
je pourrai t'aider
à finir, dit guillaume.

mais élise boit tout son
biberon et le bébé aussi.

...enfin presque !

miam !

il en reste encore
une petite goutte.

les biberons
sont pour les bébés,
explique maman.
pour vous,
il y a un goûter
surprise avec des
pailles de toutes
les couleurs.

ah ! c'est bien mieu

ouiii ! et puis, après,

n goûter de grands !

tourne vite voir le bébé.

Mise en page : Guimauv'
Casterman
Cantersteen 47
1000 Bruxelles

www.casterman.com

ISBN : 978-2-203-09146-7
N° d'édition : L.10EJDN001473.N001

© Casterman, 2016
Achevé d'imprimer en décembre 2015, en Italie.
Dépôt légal : mars 2016 ; D.2016/0053/191
Déposé au ministère de la Justice, Paris (loi n°49.956 du 16 juillet 1949 sur les publications destinées à la jeunesse).